Vente du Samedi 4 Mai 1872

SALLE N° 3.

Très-Belle. JOLIE COLLECTION (Rivet.)

DE

FAIENCES ITALIENNES

BRONZES — CUIVRES

ÉTOFFES

BEAU MEUBLE BIBLIOTHÈQUE

BELLES TAPISSERIES

EXPOSITIONS :

PARTICULIÈRE	PUBLIQUE
Le Jeudi 2 Mai 1872	*Le Vendredi 3 Mai 1872*

M° CHARLES PILLET	M. CH. MANNHEIM
COMMISSAIRE-PRISEUR	EXPERT,
10, rue de la Grange-Batelière.	7, rue Saint-Georges, 7.

CATALOGUE

D'UNE JOLIE COLLECTION

DE

FAÏENCES ITALIENNES

DES FABRIQUES DE :

Gubbio, Urbino, Faënza, Caffagiolo, Deruta,
Pesaro, Hispaлo-Mauresques, Castel-Durante, Castelli, etc. ;
Très-beau Plat en faïence de Perse ; Bronzes d'Art ;
Cuivres gravés et repoussés ; Meubles ;
Beau buste de Mme de la Reyniére en marbre blanc par Vassi en 1763 ;
Etoffes anciennes ;
Belle Bibliothèque en bois de rose ;
Portraits par VAN LOO ; Belles Tapisseries d'après Bérain.

DONT LA VENTE AURA LIEU

HOTEL DROUOT, SALLE N° 3

Le Samedi 4 Mai 1872

A DEUX HEURES

Par le ministère de Me **CHARLES PILLET**, Commissaire-Priseur,
10, rue de la Grange-Batelière.

Assisté de M. **CHARLES MANNHEIM**, expert, rue Saint-Georges, 7.

Chez lesquels se distribue le présent Catalogue.

EXPOSITIONS
{ *PARTICULIÈRE : le Jeudi 2 Mai* 1872
{ *PUBLIQUE : le Vendredi 3 Mai* 1872
DE UNE HEURE A CINQ HEURES.

CONDITIONS DE LA VENTE

Elle sera faite au comptant.

Les adjudicataires payeront *cinq pour cent*, en sus des enchères.

L'exposition mettant le public à même de se rendre compte de l'état des objets, il ne sera admis aucune réclamation une fois l'adjudication prononcée.

Paris. — Imprimerie Pillet fils aîné, rue des Grands-Augustins, 5.

DÉSIGNATION DES OBJETS

FAIENCES ITALIENNES

1 — **Fabrique de Gubbio.** — Très-joli petit plat rond, forme dite *cuppa amatoria*, décor à reflets métalliques mordorés et rouge rubis rehaussé de couleurs. Au centre, écusson armorié ; au marli, dragons, cornes d'abondance, têtes fantastiques et de chérubins.

Diam., 25 cent.

2 — **Même fabrique.** — Plat analogue à celui qui précède. Celui-ci offre au centre une figure de génie.

Diam., 25 cent.

3 — **Même fabrique.** — Coupe ronde à reflets métalliques rouge rubis et bleu nacré, décorée de feuilles saillantes et ornements ; au centre deux mains enlacées couronnées et cœur percé d'une flèche.

Diam., 24 cent.

4 — FABRIQUE D'URBINO. — Plat rond représentant Persée délivrant Andromède. Dessin correct, émail brillant.

Diam., 29 cent.

5 — MÊME FABRIQUE. — Grand plat rond, décoré de grotesques sur fond blanc et présentant au centre, dans un médaillon rond, les figures de Vénus et de l'Amour.

Diam., 425 mill.

6 — MÊME FABRIQUE. — Jolie salière forme nacelle, à mascarons têtes de lions, surmontées de figurines d'enfants tenant des coquilles. La cavité ovale est décorée d'une figure sur fond bleu.

Larg., 23 cent.

7 — MÊME FABRIQUE. — Coupe ou saucière de forme oblongue à deux anses et à côtes, décorée d'une figure de génie debout sur une coquille.

larg., 27 cent.

8 — MÊME FABRIQUE. — Joli plat rond représentant Samson renversant les colonnes du temple. Il porte le monogramme de Francesco Xanto da Ravigo et la date de 1539.

Diam., 26 cent.

9 — FARIQUE DE FAENZA. — Grand et beau plat rond décoré de cornes d'abondance, de mascarons et d'ornements variés en camaïeu bleu sur fond gros bleu et

présentant au centre les armes des Médicis soutenues par deux figures de génie debout. Il porte la date de 1535 et au revers l'inscription : In Faenza, In Casa Pirota. Pièce intéressante.

Diam., 46 cent.

10 — Même fabrique. — Plat rond à décor en camaïeu bleu, rehaussé de blanc sur fond bleu. Au centre, écusson armorié et rinceaux. Chimères et vases de fruits au marli.

Diam., 41 cent.

11 — Même fabrique. — Petit plat rond décoré de grotesques et de têtes de chérubins en camaïeu bleu sur fond gros bleu et présentant au centre des armoiries émaillées en couleur. Date de 1529.

12 — Même fabrique. — Coupe ronde sur piédouche à points saillants et décorée à l'intérieur d'un buste de femme. Casandra B.

Haut., 12 cent.; diam., 17 cent.

13 — Même fabrique. — Petit plat rond et creux décoré d'ornements et d'oiseaux en camaïeu bleu.

Diam., 23 cent.

14 — Fabrique de Cafagiollo. — Petit plat rond décoré d'entrelacs émaillés jaune d'ocre, rehaussé de vert, de noir et de jaune d'or sur fond gros bleu.

Diam., 24 cent.

15 — Même fabrique. — Petit plat rond, forme dite Cuppa Amatoria, décor de fleurs et couronne de laurier émaillées en couleurs sur fond bleu ampois.

Diam., 24 cent.

16 — Même fabrique. — Coupe ronde à bord festonné et à bossages, décor bleu et jaune. Au centre un buste de femme.

Diam., 26 cent.

17 — Même fabrique. — Plat rond décoré d'un buste de femme.

Diam., 32 cent.

18 — Même fabrique. — Petit plat rond décoré d'ornements sur fonds variés et présentant au fond un animal couché.

Diam., 23 cent.

19 — Fabrique de Déruta. — Vase à deux anses, à décor à reflets métalliques mordorés et bleu nacré rehaussé de bleu. Il est décoré d'ornements et d'armoiries.

Haut., 27 cent.

20 — Même fabrique. — Coupe ronde sur piédouche bas, décorée d'une rosace et de rayons imbriqués et reflets métalliques rehaussés de bleu.

Diam., 26 cent.

21 — **Même fabrique.** — Petite coupe longue à côtes et à deux anses torses, à décor à reflets métalliques.

Larg., 20 cent.

22 — **Même fabrique.** — Plat rond à ombilic saillant, décoré d'ornements à reflets bleu nacré.

Diam., 32 cent.

23 — **Fabrique de Pesaro.** — Beau plat rond à décor à reflets métalliques, rehaussé de bleu. Au centre, buste de guerrier casqué; au marli, imbrications. Émail et reflets très-brillants.

Diam., 39 cent.

24 — **Même fabrique.** — Plat rond à décor à reflets métalliques mordorés et bleu nacré sur fond bleu. Il offre au centre les armes des Farnése surmontées d'une couronne et entourées de cornes d'abondance. Bel émail.

Diam., 40 cent.

25 — **Même fabrique.** — Plat rond à reflets métalliques et camaïeu bleu. Au centre, Hercule et le lion de Némée; au marli, ornements et imbrications.

Diam., 40 cent.

26 — **Même fabrique.** — Plat rond couvert d'ornements à reflets métalliques rehaussés de bleu.

Diam., 41 cent.

27 — **Même fabrique.** — Plat rond à décor à reflets métalliques mordorés et bleus. Au centre, figure de femme
jouant de la mandoline. Au bord, imbricacations et
ornements.

Diam., 36 cent.

28 — **Même fabrique.** — Plat rond analogue à celui qui
précède, décoré au centre d'un buste de femme avec
banderolle et inscription.

Diam., 42 cent.

29 — **Mémé fabrique.** — Plat rond analogue, également
décoré d'un buste de femme avec inscription.

Diam., 39 cen..

30 — **Même fabrique.** — Plat rond à décor à reflets métalliques, buste de femme, au centre; ornements au
marli.

Diam., 37 cent.

31 — **Même fabrique.** — Plat rond décoré en couleurs à
cornes d'abondance et armes des Médicis au centre.

Diam., 46 cent.

32 — **Même fabrique.** — Plat analogue à celui qui précède,
aux armes de la famille della Rovere.

Diam., 40 cent.

33 — Fabrique hispano-mauresque. — Grand et beau plat
rond à décor à reflets métalliques mordorés et offrant
au centre les armes de Giovani Alcotto, célèbre con-
dotiérre de Pise. Reflets très-brillants.

Diam., 43 cent.

34 — Même fabrique. — Bassin rond et creux à godrons
en spirale. Décor à reflets métalliques mordorés à armoiries et ornements.

Diam., 39 cent.

35 — Même fabrique. Plat rond à ombilic et feuilles en
relief. Décor à reflets métalliques mordorés.

Diam., 40 cent.

36 — Même fabrique. — Plat rond, décor à reflets métalliques mordorés portant un grand écusson armorié sur
un fond pointillé.

Diam., 37 cent.

37 — Même fabrique. Joli vase garni de quatre anses, à
décor à reflets métalliques rouges et mordorés et
bandes émaillées violet.

Haut., 19 cent.

38 — Fabrique de Castel-Durante. — Petite coupe ronde
repoussée à bossages, décor à compartiments sur fond
varié de tons. Au centre, buste de sainte Catherine sur
fond jaune.

Diam., 21 cent.

39 — Même fabrique. —Coupe ronde également repoussée à bossage à décor à compartiments variés de tons. Au centre, figure de génie debout sur fond jaune.

Diam., 22 cent.

40 — Même fabrique. — Grand et beau vase de forme ovoïde surbaissée, décoré de rinceaux et de fleurs sur fond bleu et médaillons bustes de femme et de guerrier sur fond jaune. Le couvercle est formé d'un groupe de fruits en ronde bosse.

Haut., 36 cent.

41 — Même fabrique. — Deux vases analogues à celui qui précède, plus petits et sans couvercles.

Haut., 24 cent.

42 — Même fabrique. — Vase de même style que ceux qui précèdent.

Haut., 22 cent.

43 — Même fabrique. — Grand plat rond à ombilic saillant décoré d'une madone, de chérubins et d'ornements. Très-beau d'émail.

Diam., 44 cent.

44 — Fabrique de Pavie. — Deux vases forme balustre à couvercle et à deux anses à mascarons. Ils sont décorés d'ornements en relief émaillés sur fond brun.

Haut., 35 cent.

45 — **Fabrique de Castelli**. Plat rond décoré d'un sujet guerrier au centre et de trophées d'armes au bord.

Diam., 40 cent.

46 — **Même fabrique**. — Plateau rond sur piédouche décoré du Triomphe d'Amphytrite et portant un écusson armorié.

47 — **Même fabrique**. — Grande plaque rectangulaire représentant saint Jean prêchant. Cadre en bois noir.

Haut. de la plaque, 30 cent.; larg., 43 cent.

4 < — **Même fabrique**. -- Autre grande plaque représentant une scène de mariage. Cadre en bois noir.

Haut., 00 cent.; larg., 00 cent.

49 — **Même fabrique**. — Deux plaques rectangulaires représentant des sujets bibliques.

Haut , 28 cent.; larg., 20 cent.

50 — **Même fabrique**. — Plaque représentant une scène tirée du Nouveau Testament.

Haut., 21 cent.; larg., 27 cent.

51 — **Fabrique de Venise**. — Très-petit plateau rond décoré de fleurs et rehaussé d'or.

52 — **Même fabrique**. — Deux vases forme potiche, décorés de fleurs et d'ornements.

Haut., 30 cent.

53 — Fabrique italienne. — Vase forme balustre sur piédouche, décor polychrome à fleurs et ornements à l'imi-
tation de la faïence de Rouen.

FAIENCES DE PERSE

54 — Belle coupe ronde décorée d'un bouquet de fleurs
liées par un ruban. Très-beau d'émail et d'effet.

Diam., 335 mill.

PORCELAINES DE SAXE

55 — Très-jolie tasse à deux anses avec soucoupe en ancienne porcelaine de Saxe, décorée de fleurs de style
chinois sur fond d'or. Belle qualité.

56 — Deux compotiers en porcelaine de Saxe, à ornements
gaufrés en relief et décorés de fleurs.

57 — Deux assiettes de mêmes modèle et décor.

BRONZES ET CUIVRES

58 — **Deux petites statuettes** équestres de guerriers, en bronze ; montés sur des socles en ébène, enrichis de jaspes et de porphyres incrustés. Travail vénitien de la fin du xve siècle.

59 — **Statuette en bronze.** — Mercure assis. Travail florentin du xvie siècle, sur un socle en marbre rouge antique.

60 — **Beau plat** en cuivre gravé à entrelacs de style oriental. Travail vénitien du xvie siècle.

Diam., 49 cent.

61 — **Plat de même style**, mais plus petit, conservant des traces d'incrustations d'argent.

Diam., 42 cent.

62 — **Plat rond** en cuivre repoussé à ornements et inscriptions ; il offre au centre de l'ombilic une fleur de lis d'or émaillée sur fond bleu. xvie siècle.

63 — **Plat rond** en cuivre jaune repoussé, décoré de quatre cerfs au galop et de godrons. xve siècle.

Diam., 48 cent.

64 — PLAT ANALOGUE décoré d'une rosace et portant des inscriptions.

Diam., 49 cent.

65 — AUTRE PLAT, offrant au centre le sujet de l'Annonciation.

Diam., 46 cent.

66 — GRAND PLAT ovale du temps de Louis XIV, en cuivre repoussé à figures et ornements.

Larg., 58 cent.

67 — DEUX PLATS oblongs à contours, en cuivre repoussé à ornements rocaille.

Larg., 53 cent.

68 — PLAT OVALE en cuivre repoussé à figures et ornements. Époque Louis XV.

Larg., 43 cent.

69 — PLATEAU OVALE ou présentoir en cuivre repoussé et argenté, décoré d'ornements et d'une corbeille de fleurs. Même époque.

Larg., 30 cent.

70 — DEUX PETITS PLATS en cuivre repoussé et argenté, décorés de sujets de chasse et d'ornements. Même époque.

Diam., 27 cent.

71 — GRANDE FONTAINE à panse ovoïde à deux anses en
cuivre repoussé et gravé à figures et ornements. XVIᵉ
siècle.

Haut., 49 cent.

72 — TRÈS-BEAU PLAT rond en cuivre gravé; il offre au
marli diverses scènes tirées de l'histoire romaine; au
centre, l'écusson armorié de la famille Visconti, entouré
d'une double frise d'ornements et entre-deux représentant les travaux d'Hercule. Travail vénitien du XVᵉ siècle.

Diam., 46 cent.

OBJETS VARIÉS

73 — MARBRE BLANC.—Beau buste de madame de la Reynière, grandeur naturelle, sculpté par Vassi, en 1763.

74 — BIBLE in-4° sur vélin, du XIVᵉ siècle, enrichie de lettres
ornées.

75 — AIGUIÈRE ET SON PLAT en étain à figures allégoriques en
relief et décor de mascarons et de cariatides dans le style
de Briot. Le plat porte au centre de l'ombilic une figure
de cavalier et au revers la médaille de Gaspar Ender-

lein, contemporain de Briot, dont les œuvres signées
sont rares.

Haut. de l'aiguière, 30 cent.
Diam. du plat, 45 cent.

76 — MORTIER en porphyre rouge oriental poli.

Haut., 275 mill.

MEUBLES

77 — CORPS DE BIBLIOTHÈQUE à hauteur d'appui, du com-
mencement du règne de Louis **XVI**, en bois de rose,
garni de rosaces et de moulures ornées en bronze doré.
Il se compose de cinq beaux meubles, chacun à deux
portes vitrées; trois de ces meubles forment un en-
semble de 3 m. 70 de largeur et une seule tablette
de marbre blanc à moulure les couvre tous les trois.
Les deux autres à coins arrondis et à ressauts sont des-
tinés à former retour et sont garnis chacun d'une tablette de marbre. Ceux-ci mesurent 1 m. 08.

Cette suite importante de meubles est fort rare à
rencontrer aujourd'hui. Ils sont signés J.-F. **LELEU**.

78 — JOLI MEUBLE à deux portes en bois de noyer sculpté
à figures, colonnettes et ornements. Il repose sur une
table à pieds formés de colonnes et le fronton est orné.
Travail du xvie siècle.

79 — PETIT CABINET vénitien enrichi d'incrustations d'i-
voire avec pieds et poignées en bronze.

Larg., 35 cent.; haut., 28 cent.

ÉTOFFES

80 — **Belle chasuble** accompagnée de ses accessoires en moire groseille richement brodée d'ornements en fin. Beau travail du xvie siècle. Elle provient de la cathédrale d'Orvieto.

81 — **Grand tapis** en étoffe de soie à fleurs et ornements verts sur fond jaune. xviie siècle.

82 — **Tapis** en brocatelle à dessins jaune sur fond bleu.

83 — **Couvre-lit** et **coussins** en étoffe de soie à dessins rouges sur fond jaune, ornés de franges à grille.

84 — Deux **rideaux** en lampas rouge à larges fleurs.

Haut., 3 m., 40 cent.

85 — **Très-grand morceau** carré en brocatelle à dessin cramoisi sur fond jaune.

86 — Deux **morceaux d'étoffe** de soie à dessins rouges et jaunes sur fond blanc.

87 — Deux **portières** en brocatelle à fleurs et ornements blancs et jaunes sur fond rouge.

88 — Grand couvre-lit en moire cramoisie doublée de taffetas de même nuance. Belle conservation.

89 — Autre tapis ou couvre-lit en soie verte rayée.

90 — Coupon de brocatelle à ornements rouges sur fond jaune.

3 m. 50 cent. environ.

91 — Autre coupon d'étoffe de soie à ornements rouges et jaunes sur fond blanc.

92 — Jupe de robe en soie jaune citron brochée à fleurs.

5 m. environ.

93 — Autre jupe de robe fond blanc et fleurs brochées.

5 m., 50 cent. environ.

94 — Autre jupe à fleurs sur fond blanc.

95 — Deux portières richement brodées au petit point sur fond de satin grenat à sujets de cariatides, cornes d'abondance et inscriptions. Epoque Louis XIV.

96 — Robe de soie à dessin rayé bleu et blanc avec fleurs.

7 m., 50 cent. environ.

97 — Autre robe de même style à fond bleu.

5 m. environ.

98 — Coupon d'étoffe de soie à fleurs vertes et jaunes sur fond opalin.

99 — Jupe Louis XV à fleurs sur fond amaranthe.

6 m. environ.

100 — Jupe de robe à fleurs et dentelle sur fond marron.

5 m., 50 cent. environ.

101 — Robe décousue en soie bleu clair à fleurs brochées.

102 — Deux petits tapis en damas de soie rouge garnis de passementeries d'argent.

21 m., 50 cent. environ.

103 — Pièce de satinade rouge tulipe.

104 — Petit tapis carré en étoffe bleu d'eau à fleurs brochées, garni d'une passementerie d'or.

105 — Ancien tapis de Perse à dessin velouté, fond rouge au centre et bordure à rosaces sur fond bleu.

TAPISSERIES

106 — Suite de six belles tapisseries représentant un riche décor dans le style de Berain, avec figures, animaux et fleurs. Époque Louis XIV.

Haut., 3 m.; larg., 4 m., 80 - 4 m., 20—3m., 55—2 m., 80 - 2 m. et 1 m. 70.

107 — Deux morceaux d'ancienne tapisserie à la main représentant des vases de fleurs sur fond noir.

TABLEAUX

108 — Deux beaux portraits de M. et Mᵐᵉ de la Reynière, par Van Loo.

109 — Copies des portraits qui précèdent.

110 — Charmant portrait au pastel, du fils de M. de la Reynière.